名流詩叢 49

番紅花颼颼響

The Rattle of Saffron

番紅花的雌蕊是蛇
因為，自從誕生以來
對於惡毒爬行地球，只有打。
如果是「教師」，會繞著花飛
像蜜蜂吸取花汁釀蜜
或是蝴蝶選擇花色
塗繪翅膀。

〔摩洛哥／義大利〕達麗拉・希雅奧薇 (Dalila Hiaoui) ◎著
李魁賢 (Lee Kuei-shien) ◎譯

序 *Preface*
依然有南風吹來 *There is still a breeze blowing from the South*

朱塞沛‧拿破里塔諾
Giuseppe Napolitano
義大利詩人

　　達麗拉如今是義大利人，文化上具有原籍摩洛哥精神。然而，她的寫作忠實於所受教育，浸潤於這些形式（可說是天生且根深柢固），出現新問題，同時，在新關照下，以不同方式，重新審視舊時信仰，並以隨時間所遭遇和吸收的新文化加以過濾。因此，可以注意到她詩作的變化，是關鍵的維度，變得更加熱情。

　　摩洛哥的女兒，也感到自己是歐洲公民（甚至說她是世界公民），雖然稍有猶豫，但積極參與社會和政治活動愈來愈多，以前是無法想像的情境。在她的詩中，可以感受和觸及到她的成長和敏銳觀察力，

她除了能說多種語言外，還在地中海沿岸許多世界和變得愈來愈窄的海洋之間，架起一座橋梁。是故，可使我們更接近令人難以釋懷的詩、接近同時是地中海人和柏柏人的心靈，女性的這種細心性格拒絕老舊標籤，假裝開玩笑（又有火力），坦然表達自己的感受。這就是強烈敘述性素描（例如〈至親的安塔拉〉、〈在薩比哈機場〉），或其他勇敢的諷刺箭頭（〈燃燒用的木材〉、〈謊言〉、〈搖籃曲〉），介於悲痛嘆息和安撫之間，涉及我們如何以及應該如何因應。

達麗拉此書的結尾是：「在流亡中，我決定愛惜自己」。我們怎麼能怪她？如果這種愛賦予她延長壽命，賜給那些懂得如何認知成熟寬容聲音的人，用同

樣由痛苦時代產生的詩來表達自己，但也要贈送給那些人，在世界現狀下，能傾聽不太親近的某些人、不是至交朋友、也不是沒有能力讀懂現實，卻帶有虛妄憤怒加上希望笑容的詩人發言。

　　如果南風給我們帶來香料，像貴重番紅花，那種醉人芬芳，如果詩集《番紅花颯颯響》又酸又柔，同時令我們反思或甚至採取重新人文行動，那麼達麗拉是對的，她擊中神經，迫使我們反省自己良心，尋找真正答案，給我們自己明確的目標（在昔日範圍的不同場所，在以往邏輯之內和之外，免受意識形態和宗教體系的拘束）：回應就是理解和互動。

目次

天命之主
Lord Destiny

我要向祢的寬容膜拜

主啊，我們尊稱祢為「天命」

雖然約瑟夫[*1]時代為期有兩倍長

生活經驗的鏡面已經模糊。

你尚未解釋原因……。

這14年[*2]繼續

錯覺和不良感覺

還有我們周圍的乾旱不斷惡化。

太陽[*3]永遠不會出現在我未知的土地上。

月亮拉長光線

不露面

星星不再凝望我。

天命呀，祢對我寬容還是背棄

任我狐疑猜測嗎？

把孩子扔到海裡的不是我[4]。

而是出賣他們的中介！

我朱萊卡[5]連一天都沒有

脫下阿多尼斯外套。

我烘泥燒磚建築高樓[6]通往我主

並沒有烤吃先知夥伴的肝[7]。

我禁止任何乞求。

何以所有這些「寬容」都被嫉妒封鎖。

主啊，祢的名字是天命吧？！

*¹ 先知約瑟夫，是先知雅各的兒子，見《古蘭經》和舊約聖經《創世記》。

*² 見舊約聖經《創世記》第41章，法老夢見七隻肥牛被七隻瘦牛吞噬，七株飽滿的穗子被七株乾枯的穗子吃掉。

*³ 參見《古蘭經》第18章〈山洞〉，涉及「山洞夥伴」及其沉睡持續300年的事。

*⁴ 先知約瑟夫的十位兄長嫉妒父親偏愛，決定將約瑟夫扔進空水槽，當做奴隸，賣給開往埃及的伊斯蘭大蓬車。

*⁵ 在埃及，約瑟夫服務優良，贏得波提乏（Potifarre）的信任，把房子經營委託他。波提乏的妻子迷戀他，要背叛丈夫。約瑟夫堅決拒絕，被她逕向丈夫控訴，加以監禁。

*⁶ 見《古蘭經》第28章第38節〈故事〉：「法老說：臣僕們啊！我不知道除我外還有別的神靈。哈曼啊！你應當替我燒磚，然後替我建築一座高樓，也許我得窺見穆薩的主宰。我的確猜想他是一個說謊者。」

*⁷ Hind bint'Utba是6~7世紀的人，名阿布・蘇菲揚（Abu Sufyan），是本・哈布（B. Harb）的妻子，希賈茲時代的富商。她的女兒穆亞維雅・本・阿比・蘇菲安（Mu'awiya ibn Abi Sufyan）是伍麥葉哈里發王朝（Calif Dynasty of Omayyadi）開基者，也是穆罕默德的妻子之一。但其為先知穆罕默德的伴侶身份仍然有所爭議，因為她對伊斯蘭民族和先知本人採取敵對行動，眾所周知的傳說是，她把在烏胡德山（Mount Uhud）戰鬥成仁的阿卜杜・穆塔利卜（Hamza b.'Abd al-Muttalib，即先知的伯父）的肝烤來吃。

我嫉妒穆泰納比
I am jealous of Al-Mutanabbi

我很嫉妒穆泰納比[*]

因為我的同胞死後不會

豎立雕像。

我的詩篇文字在那基座上

　　昂揚跳舞又優雅又華麗。

我很嫉妒穆泰納比

因為我的詩

沒有鏟除我那時代的歹徒

也沒有強制

　　木屋和城堡的居民要彬彬有禮。

我很嫉妒穆泰納比……

* 穆泰納比（Al-Mutannabi），本名阿布‧伊‧塔依布‧艾哈邁德‧伊本‧
庫法（Abu I-Tayyib Ahmad Ibn, Kufa 915~965），阿拔斯時代的阿拉伯詩
人，公認為古典阿拉伯詩的最高代表人物之一。

馬戲團
Circus

可能是真的！確實是真的！

在我周圍所編撰的東西

及其他等等，在遠方

代表我喜愛而認真的本性。

但願！

但願！

發揚我的魔術

但願！

因此，我一生「馬戲團」中的兔子變成

　　　猛獅

不怕陷阱和腳鐐的

　　　聲音

或隱喻的是：連我的鞭子也不怕！

但願！！

流亡
Exile

如果我決定離開

不是因為我被對手拒絕

或是因為我朋友漠不關心

而是要修補「白痴」在虛偽井中

以妄想子彈

所造成的破碎。

當老鷹*對抗險境揚升飛翔

依然可以存活並築巢

在巔峰！

---

* 某位印度傳奇人物的故事：「老鷹大約40歲時，鷹爪又長又軟，無法再抓
獵物來養活自己。鷹喙加長且銳利，呈彎曲形狀。翅膀老化，受到擴張羽
毛重量，壓在胸前，飛行困難。如今老鷹可有兩種選擇：不是等死，便要
面對費時150天痛苦的自我更新過程。選擇自我更新的老鷹飛到山頂，隱
退到偏遠的鳥巢，巢後有石牆。在此地，老鷹開始痛苦改變，用喙猛撞岩
石，直到脫落，等待幾星期後長出新喙，同時逐一拔掉部鷹爪。重新長爪
時，連同新喙，開始逐一拔毛……。羽毛新長成時，重生的老鷹就會飛
走，慶祝再生，開始重新生活30年。」

珍珠
Pearls

我的同胞呀

在我眼中，眼淚

變成冰冷真珠

環繞空心。

我再也認不出自己。

我自審心靈狂妄

以連鎖方式

在我花園裡串連

貪婪的草

被閃電光亮照射。

每次我冷靜

釋放自己。

由於贏得

黃薯膠花環
為休假而歡呼。
滑倒時
就像教師。

生命
Life

你已經葬送我的幸福。從我嬰孩起

你已經廢掉我所有青春美夢。

你已經露出犬牙醜態

在我小小世界裡充斥嗥叫聲。

就這樣點燃你的污名燈芯

如果下雨，就用你不爽的隕石打濕我。

積層雲似乎願望

讓我頭頂上的天空打雷和閃電。

用你右手摧毀我家*的花園

用你左手輕易採集花朵。

不讓我停止，不讓我喘息。

在死亡和悲傷之間，禁止嚎啕大哭。

撕裂我傷口

不聆聽我祈禱

不擔心我悲痛

不怕我。

我從你獲得生命，卻異化啦。

* 我家部分祖厝已成為重要古蹟和公立學校。

頑固
Headstrong

你以為我遠離

自己土地的門檻時

就已被埋在低窪地

荊棘叢中的墓地？

而我內心的鳳凰

就不會從灰燼中復活嗎？

天命加在我名字上

早在出生之前。

甚至，明天

在審判日，天命將被召回到主懷抱。

你可以遍體打我

把我破碎的心撕成片片

但詩依然療癒我

散文是繃帶，維護我的傷勢

以及我如此高貴非凡感情

齟齬拍賣中，無法量化。

而羽筆簽此協議，墨水可丟啦。

我是塔什芬[*1]的種

在迪雅的子宮[*2]內

真正齊亞德[*3]的學生

懷著蘇斯[*4]的驕傲

我會遵循高貴祖先的腳步。

我要去的地方，會雕成勝利岩堡

和彈藥庫。

難道你一分鐘都沒有品味到

我高傲[*5]或是卑屈

正在和緩。

而你沒有像我所說王中之王那樣

更接近我心一點點。

所以，你現在

不會看到

照亮我的白髮分梳

在我無望的葬禮上

沒有武器嘶吼！

[*1] 塔什芬（Yusef Ibn Tashfin），1009年出生於撒哈拉沙漠，1106年逝於馬拉喀什（Marakesh），在非洲撒哈拉以南西班牙穆斯林區馬格里布‧阿克薩（Maghreb al-Aqsa），統治柏柏族摩洛哥阿莫拉維德（Almoravid）的蘇丹，世稱為穆斯林王子。

[*2] 迪雅（Dihya），另稱卡希納（Kahina），活在7~8世紀之間，柏柏族女王，抵抗阿拉伯人入侵北非的主要人物，努力成為土著部落在猶太教和基督教信仰之間的聯盟首領，對抗阿拉伯穆斯林擴張歷40多年。

[*3] 齊亞德（Tariq ibn Ziyad al-Laythi, 670-720），柏柏族領袖，盡忠伍麥葉王朝的穆斯林。於711年4月30日率領12,000位士兵（其中7,000位柏柏族）

登上直布羅陀岩石Jabal al-Tariq（以他的名字命名），和阿爾赫西拉斯（Algeciras）市，引發伊斯蘭進攻西哥德人。其著名的舉動是，放火焚燒所屬12艘船的艦隊，斷絕萬一戰敗的退路。

[*4] 來自摩洛哥南方的柏柏人艦隊。

[*5] 作者著作《墨水與螢火蟲的面紗》（*Veil of ink and fireflies*, 2009年開羅出版）的介紹片語「只有棕櫚樹枯死直立」。

我的創作
My creation

編輯把我選入你的書裡

並非偶然

是在暗示你的願望

前進步伐數以千萬計。

在書頁內，我給自己禮物

一下子，時而睡眠

時而掌權和革命。

我心靈的玫瑰鮮血一直

流淌，迄一滴不剩

把生命賦予你白白亮亮的書頁

都給泛黃啦。

我不准別人

不准這位寶貝，或者那位或其他

嘲笑你偽裝滿意

在你書上空白頁加註「完結」字樣

我是原點，我的創作呀。

而你穿戴奧瑪[*1]服

或模仿烏爾瓦[*2]。

我是原點。

在我的城市之後

沒地方給你

即使你與全體部落同聲哭。

[*1] 奧瑪・伊本・阿比・拉比（Omar Ibn Abi Rabi'a, 644~712，出生於麥加），高雅純真的阿拉伯吟遊詩人，以情詩聞名。
[*2] 烏爾瓦・伊本・阿爾・瓦德・阿比西（Urwa Ibn al-Ward al-'Absi），阿拉伯六世紀，前伊斯蘭時期情詩吟遊詩人，貝督因Banu Abs部落的阿拉伯氏族後裔，與戰鬥詩人安塔拉（Antara Ibn Shaddad）同一部落，在非正統詩人之列。

聖瓦倫丁
Saint Valentine

亞當呀！

我不會接受玫瑰贈禮

因為你已經弄得我生活可厭！

你有刺人荊棘的藝術⋯⋯。

帶你那胖泰迪熊從我的生活港灣消失吧

去嚼食你那可怕的糖果吧

以虛偽的指控

再度傷害我。

我已不在乎傷人口舌的鞭撻

或斷頭台的叫囂聲

甚至你也不寬恕赦免。

讓我嚥下你憤怒的痛苦

用你生存方式的火焰燃燒我。

我的自尊心更加強大堅定。

帶來寬厚給特性增光

你的虛偽無法愚弄苦行僧！

裹屍布
Shroud

你真的能看見我嗎

停滯在靜水中

看不到源頭

雖然我是青金石

自從已知時間以來

就在地中海

阻擋侵襲波浪。

我是最古老燈塔

照亮在大西洋

深處的貝殼。

我是棕櫚樹

每天破曉時分，使用

亞特拉斯[*]的雪梳理鋸齒葉。

我是詩的偶像

據說，也是小說的偶像

在各處文化沙龍內

有香爐和檀香木的香氣。

老天爺

真的以為

我會用中東紡線編織裹屍布

還忍受哭乾眼睛加以染色。

有類似接骨木莓果

和水仙花瓣。

抱歉

我懺悔，主呀

同胞的心靈

不能被禁制在

山羊皮內。

　亞特拉斯（Atlas），指亞特拉斯山脈，在非州西北部，起源於摩洛哥的大
　西洋岸，綿延阿爾及利亞，東迄突尼西亞，全長1,400餘哩，最高峰4,165
　公尺。

至親的安塔拉
Dearest Antara

至親的安塔拉*

夜間鏖戰的騎士

城堡和要塞的入侵者

眾塔之主呀⋯⋯

在你上床禱告之前⋯⋯

第二位夏娃

一而再宣稱愛情

侮辱傳統婚姻

勸導奉獻和贈禮

或是以富有的刺繡謊言

編織故事

有沒有問過

你孩子的母親

你未來高貴的後裔

在她與你親密時刻

問過她，真的快樂嗎？

或者只是為滿足你的慾望

習慣已經把她轉變

成為可以使你的精子老化的

接收者？

你有沒有問過她對每晚「表演」的見解？

或者可憐她被囚禁

掌握在你手中

只是懼怕虛偽的社會

假裝摩登。

然而人民的心情

受到獨裁和文盲的支配嗎？

至親的安塔拉

夜間鏖戰的騎士

城堡和要塞的入侵者

眾塔之主呀⋯⋯

把你妻子的見證給我

有關不小心摔倒

在你路上的

每位悲慘夏娃。

還有七位年輕魅女的見證，

為評估你的男性活力

也許，那麼

會對你的情況提出一些注意！

*　安塔拉（Antara Ibn Shaddad al-'Absi, 525~615，出生於納吉德 Najd），阿拉伯詩人和前伊斯蘭戰士，以詩和冒險生活聞名。在他叔叔阻撓下，千方百計進行不可能的事務（娶心愛的表妹）。後來，他另娶七位女人。所以，八位婦女都在爭奪他的愛心。

對不起！
Sorry!

阿斯瑪[*1]對不起

齊納[*2]對不起

如果我曾經否認

你的藝術

一切都被紀伯倫[*3]掩飾

即使他們連一個字都沒讀過

咀嚼悠揚的字句

但是他們沒有保留罕見珍珠

他們還沒有擺脫貧窮

他們沒有保護齊亞達[*4]

當時代逼她受壓迫

沒有人幫她重新站起來

沒有人支持她復原

他們讚美愛情，那是真的

但他們覺得愛情在身邊就像墳墓

阻止他們對每位少女展現雄性。

雖然，最親愛的歌手呀

　　打斷你的話

盡各項能力挑戰夏娃

竟忽視先知

為祕密和非祕密世界

所勸告的慈悲。

*1 阿斯瑪（Asma Lmnawar），摩洛哥流行歌手。
*2 齊納（Zina Daoudia），摩洛哥歌星。
*3 紀伯倫（Khalil Gibran），本名 Jubran Khalil Jubran，作家、詩人、畫家，
　1883年出生於黎巴嫩巴沙爾（Bsharre），1931年逝於紐約。詩作已被譯成
　20多種語言。黎巴嫩／巴勒斯坦女詩人梅伊・齊亞達（Mayy Ziyada）愛
　他，儘管熱情相應，她總是被稱為「撒嬌吉拉蒂：小妞」。

*4 黎巴嫩／巴勒斯坦女詩人梅伊‧齊亞達（Mayy Ziyada），1886年出生於
拿撒勒，1941年逝於開羅，20世紀初政治文化復興黨的關鍵人物，與紀伯
倫有重要的知性關係。被親戚送進精神醫院，診斷出患有神經衰弱和歇斯
底里症，因而失去繼承遺產的權利，幸虧得到新聞界和有影響力的知識
分子支持，堅稱她被送進醫院，是因為她發聲主張女權主義，終於得以
出院。

星期日
Sunday

我被口袋折蓋

造成的震動嚇一跳。

一連串的抱怨沖刷我：

這是他第七通電話！

毀掉我的寧靜

朝往粗俗的世界！

拖垮我的休假日

　　　朝往同胞之間流傳的無聊事。

像在商店櫥窗和貨架之間滑動的腳。

俯仰眼光失準

反之亦然

從香水……到高跟鞋

　　　炫耀體型

從圍巾⋯⋯到緊身衣

　　顯露無恥

從精品店⋯⋯到小商店

口袋已告空空，內面外翻。

至親朋友，我很想念你們，真的

但是你們脫離現實時，我不愛你們！

謊言
Lies

那麼，別相信我！

我說大謊言

不知道如何過數以千計的生活方式

別問我的口舌

罐子裡甜美的東西放置已久。

雖然我心中有龍

用火焰照顧我的疤痕

連同你歲月的精美禮物。

痛苦滿溢。

番紅花蛇
Saffron serpents

如果蟲慌亂，不足為奇

想想看

番紅花的雌蕊是蛇

因為，自從誕生以來

對於惡毒爬行地球，只有打。

如果是「教師」，會繞著花飛

像蜜蜂吸取花汁釀蜜

或是蝴蝶選擇花色

　　　塗繪翅膀。

到處傳播燦爛之美

可是不，不……

人人此生都有任務

可恥的人只會造成災難

對呀，其骨髓已吸收邪惡

　　就在吸吮母乳那一刻起。

薰衣草
Lavender

燈塔的光何時從廢墟堆

引起注意？

或者，有時甚至永遠

被折翼遮住？

你不是寶座

你不是皇冠

甚至不是獎牌正面！

你不是生命的萬靈丹

甚至也不是永遠留在唇上的

笑容。

你揚帆離開海岸

由此想到乾淨

好像那裡曾經是痲瘋病。

你不在

堡壘瞭望塔不會淪為廢墟。

荊棘不會在天堂茂盛

取代薰衣草。

你不在只會增添

傷害博物館

在棚架上增加更多偶像！

對我更簡單
It is simpler for me

死對我更簡單……

身邊沒有親戚或至交。

誰會假裝像阿布・賈爾[*1]那樣聰明？

而且，偶爾有阿布・拉赫布[*2]的直覺。

死對我更容易

當天使同我的惡魔作戰

而我沒有舉起食指[*3]

　　　　由於寄生蟲和投機主義。

死對我更容易

一再重複，數千次

隨處隨意

而在生活海灘附近

不要有失敗者和流氓。

死對我更容易

我真像蛇一般嘶嘶響

死神*4沒有收拾我的靈魂

歸到幻想的屋頂下

好吧！讓你開口祈禱

求求你的主

讓我孤獨死去

提升我生命的自豪

所以就在我的墓上結束

這對我更容易。

---

*1 阿姆·本，希薩姆（Amr ibn Hisham），572年出生於麥加，624年逝於巴德爾（Badr），阿拉伯商人，在麥加向穆罕默德戰士投降之前，是該城市領導人之一。穆斯林給他外號阿布·賈爾（Abu Jahl），意思是「無知教父」。在部落改信伊斯蘭教時，他面臨皈依抉擇，被部落人員愚弄，不再

受到尊重。從此，他為皈依而熱中見證真理，以致失明，據說後來又奇蹟復明。他也去探訪薩馬亞·賓特·哈亞特（Summaya bint Khayyat）（先知穆罕默德的夥伴阿瑪Ammar b. Yasir的母親），用劍刺她重要部位，造成致命傷，使她成為伊斯蘭教第一位烈士。

*² 阿布·拉赫布（Abu Lahab），意思是「熱心教父」，本名阿卜杜勒·烏扎（Abd Al-Uzza, 549~624），商人和阿拉伯政治人物，先知穆罕默德的叔父，強烈反對侄子，認為他狂熱敵視古萊什（Quraysh）參加部落的共同傳統，並且危及城市的經濟和社會平衡，以致成為在《古蘭經》第111章〈棕櫚葉〉中被點名的當代少數幾位先知之一，其中也提到他的妻子，同樣對侄子採取敵對行動。

*³ 根據穆斯林的信仰，臨終時，必須有人幫助人生最後旅程，舉起右手食指，發聲「清真言」，又稱作證詞：「Ashadu an la ilahaillaallah – Waashuduanna Muhammad an Rasul Allah」，意即「萬物非主，唯有真主，穆罕默德是真主的使者。」

*⁴ 真主指定的天使，將身體和靈魂分開。見《古蘭經》第32章第11節〈褻瀆〉。

我的沙漠
My desert

沙漠呀，讓你的眼睛獲得保佑

做為當前的證明！

帶孩子們朝聖

從每個彎道到國會大廈

是為了對你證明。

與年輕女孩「自拍」

同一時刻

貼到社交媒體和佈告欄上！

蒙面女性擁抱現代主義者

　　　以「熱情」和感激注視他們眼睛。

而共產黨徒與柏柏人卻一起大喊：

「潘基南*下台！」

* 摩洛哥在2016年舉行大規模示威遊行，抗議聯合國前祕書長韓國籍潘基文發表撒哈拉沙漠宣言，有些示威者誤把潘基文（Ban-ki-moon）與當時的摩洛哥總理潘基南（Ban-ki-ran）名字混淆。

我的男子漢
My men

叛徒和機會主義者是我生命中的男子漢

悲觀主義者和利己主義者。

在後面追趕的孩子超越他們

一再追問不停

那些是我的男子漢：

為什麼要問我的命運是否建立在

　　　　堅固支柱上

或者是否完全傾圯？

燃燒用的木材
Wood for burning

為伊德利卜市和阿勒頗省抱怨的你呀

你的呻吟只是火盆用的油、燃燒用的木材。

你不是曾經崇拜巴格達？

盲信也門的伊甸園？

你不是支持科索沃市？

以及塞拉耶佛市中心和郊區？

你不是熱衷耶路撒冷

發誓要在那裡祈禱五次？

你不是支持黎巴嫩

和貝魯特？

那麼，你只要以無聲的口號

向屈辱舉杯致敬。

如今對喔，足夠為

伊德利卜市、哈馬市和阿勒頗省[*]抱怨啦！

你的呻吟只是火柴

要點燃木材焚燒。

---

[*]　阿勒頗省（Aleppo）在敘利亞西北部，伊德利卜市（Idlib）在阿勒頗省西南方59公里，哈馬市（Hama）在敘利亞中部，奧龍特斯河岸。

在我們摩洛哥
In our Morocco

親愛的，甜美的半島呀

把卑微商人和牧羊人聚集在一起

帶回到你的沙丘

直到整隊駱駝都到那裡。

我們摩洛哥聲音宏亮

卻難以理解

由於不理性的無知

我們一直是宗教保護者

現在依然如是。

記憶古蘭經的監護人

我們內心的監護人

不像鸚鵡

憑舌頭當本錢！

親愛的西方國土
Dear Western lands

親愛的西方國土

倒數計時雖然很慢，但確定來臨

在一個夢又一個夢之後

於旋律陶醉中舞蹈和搖擺。

最後，阿拉伯的女兒

     會指導你的藝術作品。

贊助者去體育場時

穿運動短褲

  追無用的氣球。

親愛的西方

毫無差錯，也毫無驚奇！

你不必重視這些頑皮男孩

他們決定倒退到

卑賤時代

他們祖先的那個時代

只播種痛苦

　　收穫恐怖。

你不必重視那些頑皮男孩

　　　　暗中傷害女人和男人。

你不必重視理解

　　　　他們的作惡技巧。

在薩比哈機場
At Sabiha Airport

在薩比哈機場*，我看到

來自我世界的年輕人

以不確定的步伐

像因為不正當戰爭而燃燒的木頭

計算螢幕上的空白時間：

「也許我的頭部可得救啦？」

嗯，年輕人呀！

你豈不是那樹林裡的香柏

跟這裡湖泊

和那邊山脈調情。

你不是那地中海的旋律

擁有甜美音樂的全部魅力

甚至與大西洋不合拍嗎？

你怎麼搞的？

良心瞬間就睡著

於是

把靈魂出賣給不合諧。

你怎麼搞的？

---

[*] 薩比哈（Sabiha）機場，伊斯坦堡的國際機場，是阿塔圖克國際機場的補助機場。

嗨，你呀！
Hey you !

想不到

嗨，你呀。

想不到

我去世之前在地球上擁有的寶座。

想不到

你只會夸夸其言

也想不到

空中天使隊伍

願意讓我以光速

贏得勝利。

想不到……

想不到……

相信我
Believe me

已來到我們世界的心靈

瀕臨餓死

將會遺憾離開世界

為所有至尊的出賣者

甚至在詩結尾發出嗚嗚聲

或是屈服在散文腳下。

只是避免

搖尾乞憐的動作。

成群蒼蠅

和馬蹄。

泥塊之外

還有灰塵成堆。

相信我！

懦夫
Coward

他們已經告訴你關於柔弱的懦夫

會感覺每一陣微風都像旋風

會在歡樂結束看到痛苦的陰影

會推翻原則去充填錢袋

並批評獅子為其缺點裝神氣。

他們已經告訴你關於柔弱的懦夫。

故事
Stories

以日常陰影洩漏進來的
所有非真實故事當中
自覺記得沒有傷害。
我的耳朵對任何話題都保持警惕
沒有傲慢或自戀
然後排斥他們衰老的聽覺
連驢子或騾馬都不相信這一套！

我的摩洛哥
My Morocco

在我流放中

為何每次

走在任何國家的地面上

都成為寬容的家鄉

而那裡的人民是親愛的家人

他們的感情是晶瑩剔透的清流。

除了你……

我心中的目的地呀

每當朝向佈道壇和壁龕

念經祈禱時

除了你……

我的護身符呀！
魔盒內含有什麼
故意阻擋我的陽光
無虞責罰。

羅馬
Roma

每次心靈破成碎片
就增加離別之苦。
武裝已隨時間解除
彩虹模仿翅膀
其光彩令我著迷！

馬拉喀什
Marrakesh

她是我的母親，也是我的折磨

使擁有熱情洋溢的自豪黯然

她以前送我走，現在又要送我走

好像遠離就令人滿意！

但是，軟弱真的正在與美麗談戀愛嗎？

搖籃曲
Lullaby

故國呀，睡吧，好好睡吧

安靜睡覺，無憂無慮。

世界上沒有人比你午睡

和下午打盹更有價值

繼續睡覺以便

對我譴責，一千零一次。

睡吧，並在錯誤的項鍊上

加一粒大珍珠。

睡吧，不要擔心平穩度過

分分秒秒

唯一目的在

流亡幾週，不是幾天

甚至五年又加十年去競爭。

感謝你純潔祝福

搖籃曲呀

我該把這故國交給誰？

伊拉克自豪
The pride of Iraq

我從未對一個國家說再見時

淚流滿面

像閃亮的珍珠

溶化掉喉嚨裡的苦澀。

自豪的伊拉克呀

只有你知道如何繪出黃金和青金石線條

一百萬零一個故事

儘管有傷口，業已療癒

所有累積的悲傷

傳播「活生命」祕史。

像蝴蝶一樣

對呀！

除他們以外沒人製造出永恆萬靈丹

直到最後一滴。

不幸
Misfortune

我的同胞

在他們餘生都會苦惱

受到我責備的

形容詞：

　　　禍害、罪惡、邪惡、惡毒！

　　　魯莽、癡呆、怪異、無知、偏執！

也許是夏娃的女兒

沒有犯罪

傳入我們的世界

也許沒有提供毒素乳房！

不守諾言

哭叫法特瓦*

播種怨恨！

但是生產會變成

宇宙的不幸嗎？

* 法特瓦（fatwa），指穆斯林宗教領袖的裁決，在伊斯蘭法律中，等同於
羅馬法中的「釋疑解答」。此字意含「消息」、「澄清」、「青春」、
「完美」、「解釋」等。

憲法
Constitution

在你的憲法中

為我訂定一個條文

讓我正好在所住城市成為淑女。

保證我有一切可能權利

使部落成員不會撕裂我的傷口！

否則我不會回到你身邊！

我不願回來被鎖禁

違反我不在時的意願。

我不願回來因受恐怖鞭打

或喜歡嚼舌的酷刑留下傷痕

我不願回到你身邊！

　　　　我不願回來從水源阻斷我的噴泉

　　　　四分五裂我的土地

毀滅我的山丘

禁止我用口舌表達自己

或保護我免受陷於泥地的懲罰。

我不願回來

如果在你的憲法裡

沒有為我訂立整個條文

我不願回來！我不願回到你身邊！

教育有福啦
Blessed be the education

對呀！

讀書幫你受洗。

從根本改變你的過去生活

使你免穿破舊衣服

其他人不必使用破爛的布塊。

那些在山中和沙丘上

赤腳走路的人

拔掉腳跟刺。

那麼，簽署你冀望的一切法規

阻止我們的孩童讀書吧！

對，是真的！

你是學習殿堂的監護者！

隨即要求更多捐款

從我們兒子口袋掏出。

讓他們一再犧牲。

那足夠讀

你的臉頰和肥肚

背後，還傲慢拖著

新衣服的尾巴。

撒哈拉沙漠呀！
Oh Sahara!

沙漠呀，追究真相

揭發詐欺

堂堂撕毀謬誤論文吧。

以最甜美的旋律讚美世界

聲稱神偉大

保護國土

向哈桑的兒子致敬。

沙漠呀，追究真相

化霧氣於無形

和我們一起塗繪五角星

用罌粟

做為永久紋身

用我們的血灌溉

培養我們的心。

團結是我們目標

和平是我們目的。

沙漠呀，追究真相

化霧氣於無形：

真相不是

書頁寫下的一行字

或汽油污漬

或字句滑動……

這不是國族間良心的休眠

甚至不是數字

而是深刻的感覺

和福祉的源泉。

對呀

提醒疏忽

若沒有悔意

沙漠呀，追究真相

揭發詐欺

堂堂撕毀謬誤論文吧。

我不騙你
I won't trick you

我沒有

在唇上塗順從的口紅。

我不騙你，看吧

假裝在死亡軌道上等待

與你一同步伐。

我不騙你！

寧願昂頭挺胸去找阿茲雷爾[*]

儘管旅途短暫有所爭議。

我不騙你！

---

[*] 阿茲雷爾（Azrael），阿拉任用的天使，執行靈與體的分離。

天呀
For love of God

跟隨你，帶我
天呀，別讓我和他一起
留在他家裡。
甚至連飢餓的金絲雀聲音都聽不到。
神呀，別讓我和他在一起！

吸血鬼
Bloodsuckers

全能的神呀

祢創造過那麼多吸血鬼！

他們偽善不祥的口舌

舔舐珍貴衣服，求榮華富貴。

全能的神呀

您創造過那麼多吸血鬼！

決定
Decisions

在流亡中
我決定愛惜自己
遠離瞬間即逝的事物。
與人戀愛
有時，是為自己心靈辦喪事
各種美德都設墓地。

關於詩人
About the poetess

　　達麗拉‧希雅奧薇（Dalila Hiaoui），具有摩洛哥和義大利雙重國籍的詩人和作家。出生於馬拉喀什（Marrakech，摩洛哥南部中心），2005年1月遷居義大利，在聯合國機構工作。2008年起在羅馬主持 UniNettuno 國際大學頻道，也在義大利、加拿大和摩洛哥電視節目，教阿拉伯語文。

　　除外交經驗，以及與阿拉伯和義大利合作平台之外，出版過45部文學、藝術（戲劇）和教育方面的單

行版、合訂版、數位版、語音版和印製版書籍，包含多種語文，有阿拉伯文、華文、英文、義大利文、土耳其文、保加利亞文、阿爾巴尼亞文、孟加拉文、塞爾維亞文、西班牙文、柏柏爾文、尼泊爾文、摩洛哥方言和法文。傳記資料於2019年4月載入永恆之城由市政府發行的百科全書《羅馬最著名100位女性》。

　　參加過突尼西亞、約旦、埃及、義大利、科索沃、馬其頓、阿爾巴尼亞、荷蘭、比利時、台灣、墨西哥和伊拉克等國詩歌節，和國際文化活動，在伊拉克國際詩歌節獲頒漢謨拉比（Hammurabi）方尖碑。2018年9月出席淡水福爾摩莎國際詩歌節，在總統府接受陳建仁副總統接待，並在淡水忠寮社區的國際詩路上種植一棵桂花樹，上面懸掛其名牌和照片。與巴

勒斯坦詩人瓦立德‧哈里斯（Wallid Al-Hallis）共同編譯過李魁賢詩集《燈塔自白》（義大利 Ali Ribelli Edizion 出版社2019）。

詩〈耶路撒冷〉獲1999年巴勒斯坦文化部頒贈耶路撒冷大獎，由塞伊德‧查籍比（Said Charaibi）譜曲，哈雅特‧伊德里希（Hayat al-Idrisi）演唱。以前只有著名黎巴嫩歌唱家法魯茲（Fairuz）的〈城市之花〉（*Zahrat Al-Madaen*）得過此獎。

達麗拉‧希雅奧薇目前組織人道主義大篷車，以社會、文化和教育方式，解除北非馬格里布（Maghreb）偏僻地區人民的孤立。自2002年1月2日起，定期舉辦文化沙龍「阿甘天堂」（J'nan Argana），前身是《藝術和思想論壇》（*Club Arts Et Pensées*）。也創

辦過雙語文學和藝術雜誌《文化休息室》（*Il Salotto Culturale*），目前主持四種語言的文學和藝術雜誌《阿甘之家》（*Dar Argana*）。

關於譯者
About the translator

　　李魁賢，1937年生，1953年開始發表詩作，曾任台灣筆會會長，國家文化藝術基金會董事長。現任國際作家藝術家協會理事、世界詩人運動組織副會長、曾任福爾摩莎國際詩歌節策畫人。詩譯成各種語文，在日本、韓國、加拿大、紐西蘭、荷蘭、南斯拉夫、羅馬尼亞、印度、希臘、美國、西班牙、巴西、蒙古、俄羅斯、立陶宛、古巴、智利、尼加拉瓜、孟加

拉、馬其頓、土耳其、波蘭、塞爾維亞、葡萄牙、馬來西亞、義大利、墨西哥、摩洛哥、哥倫比亞等國發表。出版著作包括《李魁賢詩集》全6冊、《李魁賢文集》全10冊、《李魁賢譯詩集》全8冊、翻譯《歐洲經典詩選》全25冊、《名流詩叢》50冊、李魁賢回憶錄《人生拼圖》和《我的新世紀詩路》，及其他共二百餘本。英譯詩集有《愛是我的信仰》、《溫柔的美感》、《島與島之間》、《黃昏時刻》、《給智利的情詩20首》、《存在或不存在》、《彫塑詩集》、《感應》、《兩弦》和《日出日落》。詩集《黃昏時刻》被譯成英文、蒙古文、俄羅斯文、羅馬尼亞文、西班牙文、法文、韓文、孟加拉文、塞爾維亞文、阿爾巴尼亞文、土耳其文、德文、印地文，以及有待出

版的馬其頓文、阿拉伯文等。曾獲韓國亞洲詩人貢獻獎、榮後台灣詩獎、賴和文學獎、行政院文化獎、印度麥氏學會詩人獎、吳三連獎新詩獎、台灣新文學貢獻獎、蒙古文化基金會文化名人獎牌和詩人獎章、蒙古建國八百週年成吉思汗金牌、成吉思汗大學金質獎章和蒙古作家聯盟推廣蒙古文學貢獻獎、真理大學台灣文學家牛津獎、韓國高麗文學獎、孟加拉卡塔克文學獎、馬其頓奈姆·弗拉謝里文學獎、秘魯特里爾塞金獎和金幟獎、台灣國家文藝獎、印度普立哲書商首席傑出詩獎、蒙特內哥羅（黑山）共和國文學翻譯協會文學翻譯獎、塞爾維亞「神草」文學藝術協會國際卓越詩藝一級騎士獎等。

語言文學類　PG2895　名流詩叢49

番紅花颯颯響
The Rattle of Saffron

原　　著 / 達麗拉‧希雅奧薇（Dalila Hiaoui）
譯　　者 / 李魁賢（Lee Kuei-shien）
責任編輯 / 石書豪、紀冠宇
圖文排版 / 黃莉珊
封面設計 / 王嵩賀

發 行 人 / 宋政坤
法律顧問 / 毛國樑　律師
出版發行 / 秀威資訊科技股份有限公司
　　　　　114台北市內湖區瑞光路76巷65號1樓
　　　　　電話：+886-2-2796-3638　傳真：+886-2-2796-1377
　　　　　http://www.showwe.com.tw
劃撥帳號 / 19563868　戶名：秀威資訊科技股份有限公司
　　　　　讀者服務信箱：service@showwe.com.tw
展售門市 / 國家書店（松江門市）
　　　　　104台北市中山區松江路209號1樓
　　　　　電話：+886-2-2518-0207　傳真：+886-2-2518-0778
網路訂購 / 秀威網路書店：https://store.showwe.tw
　　　　　國家網路書店：https://www.govbooks.com.tw

2023年3月　BOD一版
定價：200元
版權所有　翻印必究
本書如有缺頁、破損或裝訂錯誤，請寄回更換

讀者回函卡

國家圖書館出版品預行編目

番紅花颯颯響 / 達麗拉. 希雅奧薇 (Dalila
Hiaoui)著 ; 李魁賢譯. -- 一版. -- 臺北市 :
秀威資訊科技股份有限公司, 2023.03
　　　面 ;　公分. -- (語言文學類 ; PG2895)
(名流詩叢 ; 49)
　　BOD版
　　譯自 : The rattle of saffron
　　ISBN 978-626-7187-48-7(平裝)

877.51　　　　　　　　　　111021163